KB060162

청어詩人選 325

몸詩

최재선
시조집

청어

시인의 말

사람은 시절 따라 수시로 변하지만
詩만은 내 곁에서 떠날 줄 모르나니
고봉밥 아닐지라도 품고 살 이유러니,

날마다 시 한 뿌리 찾아서 나서는 길
詩中을 헤매다가 그곳에 묵새겨도
시집(屋)에 드러장이니 노루잠도 편안타

2022년 햇봄, 都堂山房

몸詩

4부 잠시 잠언

봄날은 가만가만
고요히 걸어가라
꽃 속살 보지 못해
봄 한철 애틋하고
짝짓는 새들의 사랑
훼방할지 모르니

봄날주의보

봄 길은 사뿐사뿐 숨죽여 나서거라
행여나 개미허리 밟을 수 있을 터니
어쩌다 앉은뱅이꽃 짓이길지 모르니

봄날은 가만가만 고요히 걸어가라
꽃 속살 보지 못해 봄 한 철 애틋하고
짝짓는 새들의 사랑 훼방할지 모르니

겨우내 아랫목에 묻어둔 설렌 마음
꽃처럼 향기롭게 피워서 편지하라
봄날은 눈 깜짝할 새 바람처럼 떠나니

산

아무나 산이라는 명패를 달 수 없다
형상에 벗어나고 높이가 어그러져
색다른 나무일망정 아울러야 결국 산

높은 데 솟아올라 우뚝 선 산봉우리
산새들 품이 되고 바람의 안방 되어
말없이 침묵하면서 묵묵해야 끝내 산

산이란 이름 속엔 겸손이 동거한다
높으면 높을수록 고개를 숙였다가
비로소 우러르면서 낮아져야 삼가 산

서울 달

허공에 곱게 달린

서울 달 한 모서리

있는 듯 없는 듯

부드럽게 기울어

그리움 흘리지 않고

소양*까지 왔어라

*소양: 전북 완주군 소양면

석양

늦바람
징하게 난
처자를
어이하리

막걸리
한 사발로
온 낮을
불태우며

행여나
붙잡힐세라
서산 홀랑
넘느니

숲

나무란 명사들과

자란단 동사들이

푸르단 형용사와

맞닿고 어울리어

결속된 겹문장으로

다붓하게 지내니

풍경風磬

처마에 의지하여

바람을 바다 삼아

짓느니 밀물 소리

내느니 썰물 소리

한 생애 짭조름하여

갯내음이 푸지오

겨울 낮달

지난밤 된추위에

하얗게 떠돌다가

묵방산 넘지 못한

속사정 봉하고서

그대로 깊숙이 잠든

수취 불명 손편지

겨울 풍경

저수지
얼음 위에
돌멩이
구른 소리

뒷산의
허기 깊은
고라니
선잠 깨어

실금 간
얼음 소리를
게걸스레
뜯느니

경칩에 오는 비

겨울잠 깊이 든 비
기지개 활짝 켜며
서로의 손목 잡고
다정히 나선 길목
적적해 되돌아갈까
노래하는 까치 떼

길마다 매화가지
오지게 등불 켜고
산마다 눈새기꽃
환하게 불 밝히니
끝끝내 오고야 마는
걸판지게 흰한 봄

꽃

봄이니
피었으리
꽃이니
예쁘려니

앓으며 피어난 걸
앓고서 고와진 걸

꽃이란
이름만으로
어여쁜 줄
알았소

쑥

삼천리 방방곡곡

화려한 강산마다

봄 왔다 불쑥불쑥

봄이다 쑥國쑥國

소쩍새 목청 돋우며

쑥國쑥國 쑥國國

절체생명 絕體生命

꽃잎들
툭 진 자리
시방 씨
방 들인다

제 몸을
잘라내고
수족을
지운 뒤에

마침내
생살로 돋아
토실토실
맺힌 목숨

꽃비

세상에
이름대로
사는 게
얼마이랴

꽃이란
명성이야
피었다
지기 마련

한사코
지면서까지
소리마저
곱나니

꽃비 2

후드득
내린 꽃비
행여나
그대이랴

어딘가
꽃잎으로
누워서
잠들 새라

나서지
못한 봄 길을
발만 동동
구르니

눈 그친 뒤 안개

눈꽃이
폴짝폴짝
피었다
지는 풍경

앞산이
다붓하게
다가와
멀어지고

산안개
갓맑은 채로
일필휘지
붓놀림

달밤

감나무
굵은 가지
층층이
무른 홍시

우듬지
가리어서
골고루
달렸으니

허기진
낮달 한쪽이
까치같이
깃드오

매화 도서관

돈을볕
펼쳐놓은
쪽마다
온온하다

이 고요 가장 먼저
대출한 꽃샘바람

덩달아
비도 낭창이
읊어대니
이미 봄

봄 오고 꽃 피는 방식

온다는 기별 없고 오리란 소문 없이
간밤에 뜬금없이 문 앞에 왔습디다
봄날은 풍문으로도
헤아릴 수 없어라

입덧을 단 한 차례 제대로 하지 않고
어느 날 양지쪽에 탯줄을 자릅디다
봄꽃이 몸 푸는 날을
측량할 수 있으랴

봄날

그곳엔 무슨 꽃이 어떻게 피었나요?
햇볕이 문수 넓은 남쪽의 개화 안부
봄날은 무르춤하게
타박타박 옵디다

겨우내 장독대에 하잔히 쌓인 먼지
어머니 물걸레질 얼얼한 손길 따라
홍매화 해말쑥하게
타닥타닥 튑디다

봄날이 따로겠는가

흰 낮달 겨울나무
잔등에 업히어서
엄마 젖 물리고 난
아가처럼 웃고 있다
봄날이 따로겠는가
웃음꽃 피었으니

겨울 산 맨몸으로
나란히 잇닿아서
깡마른 나뭇가지
가리며 덮고 있다
봄날이 따로겠는가
저토록 살갑나니

부여를 지나며

눈발이 흩날리는 논산천안 고속도로
백제의 고도 부여 매섭게 바람 불고
백마강 꽃물 들였을
그 순장의 꽃잎들

스스로 숨 끊으며 마지막 남겼을 말
누구는 행복했고 누구는 슬펐으랴
풀리지 않는 물음표
눈발같이 날린다

부유富裕

이 시간 심장 뛰고
혈류의 강 흐르며
앞산을 눈에 넣고
새소리 귓속 담아
두 발로 갈 수 있으니
부유한 게 이러랴

언어의 사원 깊이
고요히 들어앉아
바람 風 벗을 삼고
구름 雲 친구 삼아
철들 날 아득하나니
부유한 게 이러랴

자연

늦가을 끝 볕 따라
길 나선 달팽이들
내내년 봄 끝 무렵
산 넘어 남새밭에
송송송 구멍 뚫고서
이마의 땀 닦으리

늦가을 낙엽 따라
산 오른 개미 떼들
내내년 한 여름께
산 끝에 올랐다가
송송송 구멍 뚫고서
낮잠 한숨 깃들리

까치집

우듬지 엮고 묶어
방 한 칸 들이고서
벽마다 구구절절
서까래 생략한 채
지붕을 하늘로 얹은
허공 공법 집 한 채

바람에 흔들리고
빗방울 흘리면서
구름을 이불 삼고
별빛을 초롱 삼아
하늘에 문짝을 매단
허공 공법 창 한 채

2부

담쟁이

사는 게 낭떠러지
끝자락 같아 뵐 때
담쟁이 무성한 벽
퍼렇게 읽어보라
단 하나 평탄한 곳에
대충 살고 있는지

산중 학교

종강한
산중 학교
새들의
학이시습

날갯짓
조심하오
뱉는 말
신중하오

글공부
문 닫았으나
고요끼리
열공 중

산중

돌아서 올라가라
쉬면서 더디 가라
산새도 단걸음에
허공을 딛지 않네
하물며 인생행로는
살피면서 가소서

산길도 고비마다
고갯길 다 있거늘
낮은 듯 모자란 듯
찬찬히 넘으소서
어느새 예순 고갯길
길목마다 꿈같소

바람도 친구이고
나무도 벗이라오
멀리서 매화 향기
층층이 날아드네
산중에 벗 지천이니
산 밖 세상 그리리

군내를 볶다

오래된
게 껍데기
묵은지
장독에는

세월과 같은 군내
엉켜서 우글우글

군내를
달달달 볶아
찬으로
삼으리

왜망실*

지나온 마을 어데 왜망실이 있었네
추억은 시간 뒤에 꽃처럼 맺히는 것
살면서 지나친 마을 왜망실 꼭 하나랴

왜망실 왜? 망실로 의아히 읽히면서
사랑은 땡땡하게 아픔을 지우지만
끝내는 폭폭 앓으며 광활하게 맑나니

*왜망실: 전주 아중호수 인근 마을

비 조짐

달빛은
구름 뒤에
수줍게
낯 감추고

개구리
울음소리
만면에
함박 피니

하매도
논배미 나락
관절마다
앓을 터

비 직감

개미 떼 줄지어서 부산히 발을 떼고

한사코 들바람은 배꼽을 땅바닥에

먼 철길 열차 다리품 요란하게 팝니다

아버지 에고고고 어머니 아이고고

새들은 산속으로 까치는 감나무로

왕대숲 수직의 적막 흔들리며 깹니다

친구

공자 왈, 먼 곳에서
친구가 찾아오면

즐겁고 기쁘다니,
먼 곳에 있는 벗아

허공에
종이배 띄워
노를 저어
가리니

강물을 보며

강물이 저렇게도 유유히 흐르는 건
붙잡고 끙끙대며 앓은 일 없기 때문
살면서 흘려보내지 못한 것들 몇이랴

나무는 빈 몸으로 나무 木 필사하고
바람은 얽힌 매듭 풀어서 방목하니
일체를 내려놓아야 가벼운 걸 비로소

강물이 저렇게도 편안히 흐르는 건
쟁이고 쌓아둘 것 맘속에 없기 때문
살면서 더부룩하게 체한 날들 몇이랴

고덕산 안개

여전히 아침 안개

자욱한 고덕 산봉

부스스 눈 비비고

일어난 청솔가지

푸르게 깨어 있으라

청명한 날 오리니

곶감

속사정
드러내고
맨살로
맞대어서

볕발에
매달리어
나긋이
야위느니

깎이고
마르고서야
흰 꽃으로
피느니

낙타 걸음으로

우리 삶 광활하고
가물어 모래사막

서둘고 헐떡이면
사풍에 묻힐 테니

어쩌랴
낙타 걸음으로
타박타박
가려네

아직도

아직도
흘릴 눈물
몇 방울
남았다면

아직도
느낄 통증
몇 가닥
붙었다면

살아서
숨 쉰다는 것
절망하기
이른 것

달 낚시

젖몸살
한창 앓는
보름달
청명하오

강태공 던진 낚시
소식이 감감하오

무시로
낚은 달빛만
방생하여
보내오

담

내 자리
너의 자리
자리 쌈
하지 않고

윗자리
아랫자리
한마디
불평 없이

허물어
내릴 일 없이
화목하게
얽힌 힘

담쟁이

사는 게 낭떠러지
끝자락 같아 뵐 때
담쟁이 무성한 벽
퍼렇게 읽어보라
단 하나 평탄한 곳에
대충 살고 있는지

한숨이 움칫 움칫
줄지어 나올 때에
수직의 고삐 쥐고
오르는 집념 보라
단 하나 게으름 피며
절망하고 있는지

동행

종남산* 스님 세 분 나란히 거니신다
행여나 풀잎 벌레 선잠에 잠덧할라

안갯속 같은 세상을
묵묵 잠잠 보행 중

*종남산: 송광사(완주군 소양면)가 있는 산

멈추고 나서야

가던 길
잠시 멎자
비로소
뵈는 만월

길섶에 모여 핀 꽃
마침내 눈에 띄니

멈추고
나선 뒤에야
와락 안긴
풍경들

지리산

천왕봉
오른 것을
퇴내며*
자랑 마오

산같이
품었더냐
산처럼
길렀더냐

사람들
사는 마을에
지리같이
있으오

*퇴내며: '티내며'를 일컫는 전라도 말

사이

늦가을 소쇄원의 앞마당 대나무 숲
장대비 우둑우둑 쏟아져 내리느니
직립한 대나무 사이 이물 없이 가찹나니

그사이 헤아리며 그대를 그리느니
차가운 빗물에도 그 거리 젖지 않아
지그시 바라보면서 통통하게 곁 되니

가을 끝 겨울 와도 색다른 체온으로
언제나 떨지 않게 눈앞에 손 내밀며
대나무 사이로 서서 말랑말랑 품나니

산중 문안

구례에 산수유꽃
피었다 풍문 도오
봄날이 언제 오리
우체통 들여 보오
그대의 산중 문안을
꽃소식에 비하리

꽃들은 남쪽에서
길 내며 오리련만
새들은 빠짐없이
허공에 길 내련만
그대의 산중 문안은
어느 세월 닿으리

인월*에서 만난 낮달

왜놈을 쫓아가다 짧은 해 끊어지자
오봉산 넘어 뜬 달 살며시 끌고 와서
왜적을 멀리 물리친 고려 장군 이성계

지리산 반야봉과 노고단 계곡물에
깨끗이 몸을 씻고 해탈교 건넌 낮달
실상사** 철 부처 앞에 엎드리어 예불 중

섬나라 새긴 범종 왜세를 경계하라
외풍에 돌담 하나 꿈적도 안 했으나
낮에도 질 줄 모르고 뜬눈으로 피는 중

*인월: 전라북도 인월면 인월리
**실상사: 전라북도 남원군 산내면에 있는 사찰

소양천

소양천 바람 따라 억새같이 흔들리니
맘속에 깃든 새 떼 일으킨 칼바람들
나는 게 별것 있으랴
흔들림에 기댄 것

소양천 물길 따라 물빛으로 흐르다가
이르러 당도한 곳 누군가의 하류 근린
사랑이 별것 있으랴
그대 향해 기운 것

심곡사深谷寺*

한 날도 빼지 않고 피어나는 그리움
그곳이 심산계곡 어디쯤 될지라도
그대를 맑게 그리다 風磬처럼 울거나

뼈마디 야위어서 새처럼 날아가리
그리운 홀씨 되어 빽빽이 흩날리리
멀고도 깊숙한 계곡 어데인들 못 가리

*심곡사: 완주군 상관면 계월에 있는 암자

겨울 원각사*

바람은 묵언수행
풍경은 동안거 중
산문 밖 세상 소식
궁금한 산사 백구
꼬리를 자꾸 흔들며
여러 차례 묻느니

굴뚝에 피어나는
목화꽃 지지 않고
산문 밖 탁발하러
길 나선 노 보살님
두 손을 합장하시고
미소 가득 품느니

*원각사: 완주군 소양면 원화심마을에 있는 암자

명성 名聲

열을 다
내려놓고
마지막
남은 중심

앙상한
겨울나무
명료히
木 字 되니

명성은
마침내 남은
중심으로
빛나리

3부

몸詩

오뉴월 가문 날에 뼈 풀린 풀잎같이
ㄱ 字로 돌아 굽어 휘어진 아버지 등
세월로 일필휘지한 표절 불가 詩인 걸

雨中

풀잎은 풀잎끼리
다정히 입 맞추고
새들은 새들끼리
정겹게 펄럭이나
아직도 소 걸음마로
오지 않은 사람아

앞산 솔 끄덕 않고
비구름 제자리에
빗방울 따라 흐른
그리움 탱탱하니
그대가 다다르기 전
내가 먼저 흐르리

첫눈

왜 이제 오셨어요?
왜 이리 늦었어요?

온밤을 잠 못 들게
흔들어 깨우더니

그대의 생각 하나만
푸짐하게 쌓이오

그리움

달 허리
닳아지고
새벽 낮
환하건만

생각은
길을 내고
그리움
강물 되어

흐르고
흘러 이르니
종점 결국
그대 곁

기다림

문설주 돌쩌귀에 검붉게 곰삭은 녹
싸락눈 내리듯이 사뿐히 지우고서
기어이 오시겠지요 끝물 겨울 가기 전

가물어 마른 처마 축축이 적시고서
속울음 목에 넣고 눈물은 숨기고서
가루비 흩뿌리시며 봄날처럼 그립게

주어는 맘속 두고 목적어 감추고서
서술어 하나로 된 고백체 문장으로
그립게 오시겠지요 구구절절 애틋이

단수斷水

사랑관* 뜬금없이
수돗물 끊기어서

해우소 가는 길이
한동안 막막하니

끈질긴 사랑도 불쑥
끊어질 수 있으리

불타는 사랑이사
뜨겁게 탈 터이고

애타는 사랑이사
목말라 앓을 테나

끈질긴 사랑도 불쑥
기별 없이 끊기리

*사랑관: 한일장신대 연구동

옥정호

옥정호
물때깔이
구슬과
같다 한들

그대를 바라보는
내 눈빛 닮았것소

내 마음
궁금하거든
볕 좋은 날
댕겨오소

달

하늘에 꽃 한 송이

언제쯤 피었으리

향기가 솔솔 나니

인자사 눈에 띄네

저 향기 통째로 담아

건네줄 이 있건만

맑은 날

이런 날 있었으랴 하늘이 씻기었던
먼데 숲 눈앞에서 닿을 듯 만져질 듯
절절히 미루었던 말
청명하게 꺼내리

보따리 펼쳐놓듯 풀어도 보고 싶고
가는 길 아득하여 별똥이 될지라도
차라리 흔들리면서
그대에게 지리니

색장정미소 카페

쌀 찧던 방앗소리 박물로 침묵하고
창가의 앉은뱅이 의자에 햇볕 맑다
야생화 질 줄 모르고
벽마다 피었느니

문우가 한자리에 커피 향 시심 삼아
피느니 이야기꽃 가느니 한겻의 墨
저마다 적신 붓으로
어린 봄을 치느니

때

새들이 앉은자리

우듬지 웃음 짓고

날아가 비운 자리

우듬지 울먹이니

머물고 떠나는 때를

손 없는 날 잡으소

싸목싸목*

그대가
오실 날짜
언젤지
아득해도

그날은
풍문마저
깊숙이
잠재우고

그리움
앞장세우고
싸목싸목
오소서

*싸목싸목: '천천히'를 일컫는 전라도 말

이 자리에

이 자리 바람 불고

억수로 비 내려도

부동의 깃발로

서까래 긴 처마로

맞보며 서 있으소서

백 년 천년 감싸며

속닥속닥

닿은 이 아직 없는

첫새벽 고덕산방*

눈 맞댄 숲속 나무

살갑게 속닥속닥

벽들도 실금 그으며

속닥속닥 속삭임

*고덕산방: 한일장신대학교

나무의 사랑 방식

오래된 곁지기로

서로의 사이 되어

그윽이 바라보며

넉넉히 감쌈으로

결속된 울울창창함

더불어서 함께 숲

시인

나무는 한자리에 묵묵히 자리하고
뒷산은 배경이고 앞산은 풍경이라
나더러 詩나 쓰라니
한눈 어찌 팔리요

날마다 시 한 뿌리 찾아서 나서는 길
詩中을 헤매다가 그곳에 묵새겨도
평온히 드러장이니
노루잠도 편안타

시집

첫눈의 끝말이란
시집을 출간하고

지나온 시간들을
찬찬히 돌아보니

모두가 풀어써야 할
매듭이고 詩나니

푸지게 쏟아지는
달빛은 다부닐고

노루잠 덧들어서
시심을 부르나니

여전히 시집(屋)에 앉아
詩의 등불 켜나니

최명희 문학관에서

글방의
아궁이에
혼불을
집어넣어

글 불씨
삭지 않게
온 생을
뜬눈으로

일평생
일필휘지와
등 돌리고
산 몸붓

몸詩

시집(屋)에 사는 언어 詩로만 알았는데
ㅅ 字로 꺾이어서 제비꽃 이마쯤인
울 엄니 간당간당한 허리춤도 詩인 걸

오뉴월 가문 날에 뼈 풀린 풀잎같이
ㄱ 字로 돌아 굽어 휘어진 아버지 등
세월로 일필휘지한 표절 불가 詩인 걸

윤동주의 「서시」를 읽으며

윤동주 시인이 쓴 「서시」를 곱씹으니
눈이 먼 아들마저 사랑치 못한 아비
죽어간 모든 것까지 사랑할 수 있으랴*

혼자서 맘속으로 다시는 안 보리라
결단한 이름들이 한둘에 그쳤으리
잎새에 이는 바람에 괴로울 수 있으랴*

*윤동주 「서시」 가운데 일부

어머니의 장독대

겨우내 내려앉은 눈먼지 닦으시고
햇살을 마디마디 수북이 모으시니
홍매화 낯을 붉히며 시나브로 핍디다

ㅅ 字로 꺾인 허리 고르는 숨비소리
곰삭은 밴댕이젓 항아리 뚜껑 열자
먼 바다 파도소리가 이엄이엄 웁디다

눈이 먼 손자에다 입 닫힌 아들까지
해묵은 젓갈같이 아픈 속 염장하고
오늘도 주기도문을 꼬박꼬박 새깁디다

텃밭

집 앞에 딸린 땅을 그대로 묵혀두면
눈 달린 사람마다 뒤에서 흉본다며
눈으로 쟁기질 벌써 여러 차례 하셨소

이번만 하시겠다 다짐만 여러 차례
홍매화 낯 붉히자 서둘러 텃밭으로
묵직한 숨결 소리가 예년보다 낡았소

기역 字 아부지 등 시옷 字 엄니 허리
아부지 앞장서고 엄니가 따릅니다
텃밭의 풋고추대만 속절없이 꼿꼿소

선산先山

볕 좋고 백운산이
코앞인 선산 부지

할머니 할아버지
숙부에 백부까지

비로소 백골이 되어
한자리에 뫼시니

시옷 자 꺾인 허리
마실길 나서시며

지팡이 짚는 것도
짓쩍다 하신 엄니

선산에 따라나서는
걸음걸음 꼿꼿타

제비꽃

날 한밤 샐 때마다
어머니 꺾인 허리

땅으로 꺼집디다
땅으로 앉습디다

저러다
푹 주저앉아
팔랑팔랑
필랑가요

동문서답東問西答

여든넷
엄니 귓문
돌쩌귀
삐걱대고

여쭙는 문장마다
말 고리 엇박자니

엄니의
동문서답을
대목인들
고치리

만월

고봉밥 같은 달빛
솔찬히 오지도다

일찍 든 초저녁잠
살포시 깨신 엄니

오마야!
저 달 좀 봐라
영락없이
꽃이다

모깃불 피우리

큰아들 부대에서
용접병 잠시 복무

눈 속에 느닷없이
모기떼 난다 하니

이 몸을 쑥같이 태워
모깃불을 피우리

귀갓길 붉은 노을 황홀이 주신 말씀
피어서 눈길 끄는 꽃일랑 누구나 꽃
지면서 더 눈부셔라 저물녘의 잠시 잠언

초승달

눈이 먼 스물여섯 아들의 긴 손톱을
콧노래 불러주며 하나씩 자르다가
한 개를 못 찾았는데 허공 중에 떴구나

아들아 저 달을 네 눈에 둥둥 띄워
네 앞이 환하다면 이 아비 새가 되어
몇천 년 훌훌 날아서 물어다가 주리니

오살할 놈

저세상
막내 먼저
보내고
문밖에서

삼우제 치른 맏이
맞이한 기수 엄니

산소에
별일 없더냐
오살할 놈
오살 놈

문상

아흔을 사시고서 게다가 얹힌 두 해
살 만큼 사셨으니 남들은 호상이라
저승길 호상 있으랴 다시 올 수 없는 길

마흔둘 둘째 아들 홀연히 보내 놓고
산목숨 산 게 아냐 가슴에 묻은 새끼
그날로 이미 치른 상 정신 줄 내려놨네

어차피 살다 보니 모질게 붙은 목숨
마지막 순간까지 새끼들 챙기시곤
먼저 간 아들일랑은 시르죽게 잊었네

동진강 마른 억새 바람에 깔묻히고
하늘엔 달 한 조각 노루잠 덧드는데
어머니 저녁 잡수고 초저녁잠 드실까

황천길

친구 엄니 별세하여

문상 가는 무왕로*길

울던 비 뚝 그치고

저녁 해 활활 타니

황천길 저토록 곱고

눈부시게 갰으면

*무왕로: 익산시에 있는 길 이름

지게

농협 앞
등 때 절고
닳아진
지게 하나

축 처진 줄에다가
휘어진 작대까지

조합 빚
연체했을 터
없는 마을
한 가장

늘봄세탁소

바짓단 줄이거나 허리통 좁힌 세월
재봉틀 앓는 소리 다림질 닳는 소리
늘어난 가세라고는 뺄셈 통장 하나뿐

줄이고 좁히면서 늘릴 틈 없던 가세
봄날의 햇살처럼 널찍이 펼치면서
정녕코 늘봄세탁소 봄날같이 피소서

당분간

안골의 튀김집 어느 날 불쑥 휴업
개인적 사정으로 당분간 쉰다더니
당분간 길어지면서 내부 수리 내건 중

튀김집 바로 건너 속옷 집 몽땅 세일
당분간 공장가로 떨이를 한다더니
당분간 늘어지면서 임대문의 내건 중

퇴직 후 여행하고 머리를 식히면서
당분간 쉬겠다는 친구의 오랜 바람
당분간 며칠 못 가고 출근할 곳 찾는 중

큰 고요

우연히 창밖 세상 한 줄로 읽던 차에
허공에 길을 내고 거니는 한 무리 새
하늘이 미동 않으니 새의 보행 큰 고요

아무 데 앉지 않고 고른 것 실한 가지
발가락 마디마디 힘 빼고 앉는 착지
우듬지 요동 않으니 새의 안착 큰 고요

잠시 잠언

귀갓길
붉은 노을
황홀이
주신 말씀

피어서
눈길 끄는
꽃일랑
누구나 꽃

지면서
더 눈부셔라
저물녘의
잠시 잠언

저마다

풀잎이 빗속에서 당당히 서 있는 건
자신이 넘어지면 풀밭이 꺾이므로
저마다 홀로 아니다 누군가의 힘이다

나락이 바람 앞에 오롯이 서 있는 건
자신이 쓰러지면 누군가 배곯므로
저마다 홀로 아니다 누군가의 밥이다

소통

이라이 어서 가자 저라이 빨리 가자
그러제 워워워워 음매에 음매 음매
너멍골 오 씨 논배미 主牛 한몸 워워워

힘들면 잠시 쉬자 이 골만 갈고 쉬자
우돌아 워워워워 음매에 음매 음매
너멍골 오 씨 논배미 主牛 한몸 워워워

노동청 앞 겨울

노동청 정문 근린 붕어빵 굽는 아이
엄마는 어디 있니? 아빠는 안 계시니?
미소만 거슬러주고 깊이 파는 볼우물

일용직 노동자의 생존권 보장하라
머리띠 두른 사내 동동동 발 북 치니
태극기 팔랑인 허공 떼로 나는 비둘기

저물녘

그리움 한 덩어리
뚝 떼서 봉인하여
저녁놀 우표 붙여
속달로 보내려니
물새가 눈치 빠르게
낚아채서 날으네

이제나 당도하리
저제나 도착하리
먼 산이 스러지고
반달이 허리 펴니
이즈음 그대 맘속에
나비같이 날겠네

나비잠*

두 날개
높이 펴고
곤하게
잠든 아가

무슨 꿈 꾸고 있니?
어디로 날고 있니?

낮달아!
묵방** 넘걸랑
소리소문
말아라

*나비잠: 갓난아이가 두 팔을 머리 위로 벌리고 자는 잠
**묵방: 묵방산(완주군 소양면 원화심마을 소재)

벚꽃이 벚꽃으로 읽히며

딸만 셋 있는 친구

공들여 낳은 아들

손 없는 아우에게

선선히 내어준 날

벚꽃이 꼭 벚꽃으로

읽혀지는 어느 봄

하나코

옆 마을 발을 쓰지 못하는 동북 오 씨
아내는 일본 사람 고치현의 하나코
치매 든 시어미까지 정성 지극 며느리

주유소 알바에다 상수도 검침까지
사람들 모인 자리 웬만한 사람이면
모래재 넘었을 거라 뒷담화로 흘린 소문

30여 년 세월 동안 이제는 조선 여자
얼굴에 낯꽃 피고 말마다 유하건만
여전히 현해탄보다 멀고도 먼 이방인

똥밥

섬나라 사람에게 뺏기며 산 36년
쇠붙이 밥그릇에 숟가락 요강에다
할머니 쪽 머리 묶은 비녀까지 싹쓸이

할아비 아버지의 제삿날 메 올리려
똥통에 숨겨놓은 쌀 몇 홉 놋숟가락
이마저 빼앗았으니 도둑 중에 상 도둑

깊숙이 감추어서 어쩌다 찾지 못한
쌀 몇 줌 뒤꼍에서 조용히 씻어 안쳐
메 올려 재배드리면 진동하는 똥 냄새

나라가 없는 아들 곯는 배 안쓰러워
올린 메 뜨지 않고 그대로 가셨을 터
가시는 걸음걸음이 바윗덩이 같았을 터

할아비 아버지가 드시지 않은 똥밥
나어린 아들에게 선선히 물리시고
우물물 삼키시고는 물 트림을 하셨을 터

어쩨야쓰까

저녁상 물리시고 부모님 TV 앞에
일본의 모처에서 땅 금 간 9시 뉴스
쯧쯧쯧 어쩨야쓰까 혀끝마다 긴 한숨

육일기 지문 새긴 일본의 쌈 비행기
독도의 배꼽까지 날아온 며칠 뒷날
쯧쯧쯧 별일 없어야 헐 텐디 쯧쯧쯧

연남 씨

하늘과 이마 맞댄 판자촌 산 7번지*
재개발 사업 고지 마지막 남은 한 채
세 자녀 홀로 기르는 단비 엄마 연남 씨

밤마다 천장에는 쥐들이 집을 짓고
낮마다 처마에는 거미가 집 트나니
오갈 곳 없는 식솔들 품고 사는 연남 씨

*산 7번지: 인천 모 지역의 판자촌으로 재개발지역

박현용 씨

열네 살 구두 제작 기술자 박현용 씨
어느 날 이유 없이 끌려간 삼청교육
빨갱이 누명 덧쓰고 가족과도 생이별

갈수록 망가진 몸 여전히 찢어진 맘
맞아서 절단된 손 먹고살 방도 없어
남은 손 하나로 겨우 재봉틀을 돌렸으니

덧없이 세월 흘러 고희가 바로 눈앞
잡혀간 이유 뭔지 왜 맞고 곯았는지
왜간장 하나뿐인 찬 환장하게 목메느니

상호 씨

막내딸 낳자마자 집 나간 아이 엄마
다섯 딸 살리려고 길에서 포장마차
하루가 간당간당한 아프리카 자카나*

가난은 어린아이 어른이 되게 하네
맛있는 것 사주고 버스비 주겠다는
그 약속 한 번 못 지킨 아프리카 자카나

그에게 딸린 식솔 저마다 고만고만
기댈 건 올망졸망 가족의 등과 품뿐
그 힘이 비상할 이유 아프리카 자카나

*아프리카 자카나: 암컷이 알을 낳고 다른 짝을 찾아 떠나면, 수컷
이 부화와 새끼 기르는 것을 혼자 감당한다.

이항제 씨

예작도 상어잡이 낚시꾼 이항제 씨
아버지 대를 이어 바다에 던진 주낙
물때와 물색에 맞춰 미끼 삼은 세월들

만선의 꿈은 옛적 고깃배 녹이 슬고
이제는 나이 들어 바다가 두려우니
상어를 실신시켰던 몽둥이는 깊은 잠

상어는 낚지 않고 바다가 내어준 것
내주지 않는 것을 용쓰며 바라는 건
하늘을 거슬리는 것 바닷사람 아닌 것

구체화의 생동성, 타자성의 견고함
-최재선의 작품세계

권대근
(문학평론가, 대신대학원대학교 교수)

1. 들어가며

최재선 시인이 쓴 시조의 매력은 무엇보다도 생동하는 구체성에 있다. 문학은 구체성과 보편성이라는 두 가지 요소를 충족했을 때 공감을 가져다주는 것이기에, 구체성은 매우 중요한 문학적 성취 요소인 셈이다. 문학은 언제나 구체적인 것을 재현하고자 한다. '시유삼미', 문학은 장르를 불문하고 세 가지 맛을 내어야 한다. 이름하여 손맛, 눈맛, 그리고 품맛이다. 구체적인 시간과 공간 속에서 구체적인 대상을 포착하여 여기에 구체적인 묘사와 서사를 가미시킴으로써 손맛을 내고, 거기에 참신한 인식을 더하면 눈맛도 낼 수 있으며, 진솔한 자기 조명을 통하여 내면의 그림자를 인격화하면 인간적 향내가 진동하는 품맛도 낼 수 있다. 세 가지 맛도 결국 대상의 구체화에서 나온다. 이 구체성이 자갈치 시장판의 활어처럼 생동적으로 빛날 때, 시조는 시조의 온전한 모습으로 독자의 시선을 사로잡으며 독자의 심경 속으로 파고드는 것이 아니겠는가.

한국 시조의 전통적 수용을 잇는 한 방법을 확인하는 작업으로써 최재선 시인의 시조를 현미경으로 살펴보고, 현대시조의 한 특성을 밝히는 것은 커다란 의의가 있다고 생각한다. 왜냐하면, 문학은 개인적인 사상, 감정의 표현임과 동시에 그것이 자라난 시대와 사회의 산물이기 때문이다. 사실 문학적 성취라는 것도 알고 보면 작품이 지니는 사회적 의의와 무관한 것이 아니며, 문학의 주제니 사상이니 하는 것도 대체로 작품에 나타난 작가의 사회의식에 뿌리를 두고 있는 경우가 많다. 그 문학 내용의 구체적 양상 역시 시대상이나 사회현상의 직접적인 투영이거나 굴절된 반사로 나타나는 것이 보통이다. 그러므로 현대를 살아가는 시인의 삶과 그 방향을 현실 인식과 역사성에 비추어 반영, 제시, 개발하는 방법으로써 최재선 시조의 연구는 연구 대상으로 충분하다고 보겠다. 이런 측면에서 시조의 문학사적 흐름을 관통하며 시조의 정형성을 계승 발전시키고자 하는 그의 시적 지향과 최재선 시조의 미학성을 살펴보기로 하자.

2. 삶의 유형에 따른 최재선 시조의 양상

최재선 시인의 삶 주위를 살펴보면, 세 가지의 세계가 형성된다. ①우리의 오관으로 인식하는 자연계, ②인간이 편의상 만들어 놓은 사회환경, ③현재의식과 잠재의식이 혼재한 의식의 세계인 정신계다. 이러한 삶의 체계에 반응하는 인간의 대응 양식에 따른 삶의 유형은 일반적으로 세 가지로 분류할 수 있겠다. 감각적 즐거움의 삶과 속세적인 일에 연루된 삶 즉 정치적 활동의 삶, 그리고 관조적 삶 즉 이론적 성찰의 삶이다. 최재선 시인의 삶은 자연과 사회환경, 그리고 정신이라는 삼각의 동그란 고리체계의 중심에 위치하고 있다.

가. 유희의 삶, 비움의 미학

인간은 유희적 존재다. 놀이 정신을 통해 일상의 행복을 추구한다. 놀이란 현실 속의 인간이 일정한 시간 현실적 이해관계를 떠나 그 행위 자체에 기꺼이 몰두하고 나름의 자율적 규율 속에서 즐기는 행위이다. 따라서 모든 예술 행위가 그렇거니와 순수한 의미에서의 시는 본질적으로 놀이 정신에서 출발한다는 주장이 있을 수 있다고 하겠다. 호이징아는 모든 시는 원래 놀이에서 탄생되며, 이 놀이가 시와 밀접한 상관성이 있다고 하였다. 호이징아는 참된 놀이를 하기 위해서는 어린아이처럼 놀아야 하며, 놀이의 특성은 비밀스런 분위기를 감싸는 것이다.

이것은 일상생활의 법칙이나 습관이 일시적으로 소멸하는 세계이다. 최재선 시에서 이런 놀이에의 애착이 언어적 유희로 드러난다. 그는 시작을 통해서 본래적 놀이 정신을 그리워하고 실천하고 옹호한다. 이러한 놀이는 복잡계의 상징계를 사는 한 지성인의 의식세계를 나타내는 상징이요, 생활의 위안처라는 측면에서 시가 하나의 구원 수단으로 기능한다.

최재선 시인은 마음을 텅 비우고 고요함에 들기를 좋아한다. 사색에 즐겨 빠진다는 것은 그가 삶의 현장에서 유난히 욕심 없이 비움의 미학으로 살아가고자 하는 증거다. 문인의 삶에 있어서 가장 중요한 것이 '비움'이다. 그는 시조라는 양식을 통해 이런 철학을 말하고 있는 구도자적 작가다. 시혜자의 입장이 아니라, 늘 실천자의 자세다. 이 시조집의 핵심은 자기 성찰, 바로 무의식의 의식화, 즉 그림자의 인격화다. 최재선 시조의 향기는 외부의 번득임이 아니라 내부의 번득임이다. 이 논리를 전제로 할 때, 최재선 시인은 우리 시대가 잃어버린 비움의 미학을 시조라는 따스한 우물 속에서 두레박으로 길어 올리고 있는 사람이다. 그의 시조가 사물의 허상과 진상, 세계의 이편과 저편 사이를 탐색하는 인식의 세계를 지향하고 있다. 그의 시조는 자연의 빛깔과 인정의 향기가 서정이 되어 내면을 촉촉이 적시는 언어놀이의 세계를 향하고 있다.

시집(屋)에 사는 언어 詩로만 알았는데
ㅅ 字로 꺾이어서 제비꽃 이마쯤인
울 엄니 간당간당한 허리춤도 詩인 걸

오뉴월 가문 날에 뼈 풀린 풀잎같이
ㄱ 字로 돌아 굽어 휘어진 아버지 등
세월로 일필휘지한 표절 불가 詩인 걸

　　　－「몸詩」 전문

　최재선 시조의 맛은 선명한 이미지의 구체성에서 나온
다. 위의 시에서도 놀이에의 애착이 잘 나타나 있다. 한
마디로 문자놀이다. 묘사를 통한 서정의 구축에 힘쓴다
기보다는 체험적인 일상의 몸짓을 관조를 통해 나타내고
자 한다. 어머니와 아버지의 삶을 ㅅ과 ㄱ으로 형상화하
고, ㅅ을 어머니의 허리춤으로, ㄱ을 아버지의 휘어진 등
으로 묘사하는 재치는 시조의 새로운 방향성을 던지는
것으로 볼 수 있겠다. '허리'와 '등' 앞에 놓은 '제비꽃 이
마'와 '굽어 휘어진' 등의 어구는 부모님의 생애적 특성을
단 하나의 자음으로 형상화한 의미에 구체성을 더하는
전략이다. 문학적 전달성이 연상과 상상으로 이어지게
해서 정서적 환기를 배가한다고 하겠다. 기발한 시조다.

제재와의 상관성을 가진, 가장 짧은 언어로 자식을 위해 헌신의 삶을 산 부모의 은공에 오마주하는 시인의 시적 작업에 찬탄을 보내지 않을 수 없다. '허리'와 '등'의 상징을 한글 자음으로 묘사하는 언어놀이는 어쩌면 최재선만의 개성적인 작시 기법이다.

> 겨우내 내려앉은 눈먼지 닦으시고
> 햇살을 마디마디 수북이 모으시니
> 홍매화 낯을 붉히며 시나브로 핍디다
>
> ㅅ 字로 꺾인 허리 고르는 숨비소리
> 곰삭은 밴댕이젓 항아리 뚜껑 열자
> 먼바다 파도소리가 이엄이엄 웁디다
>
> 눈이 먼 손자에다 입 닫힌 아들까지
> 해묵은 젓갈같이 아픈 속 염장하고
> 오늘도 주기도문을 되새김질 합디다
>
> ―「어머니의 장독대」 전문

최재선의 시조 「어머니의 장독대」는 그 제목부터가 그렇거니와 본래적 놀이에의 향수가 잘 그려져 있다. 그는 위의 시조에서 볼 수 있듯이 상징성이 큰 묘사문 속에 한순간이나 체험으로 환기되는 자극적인 정서를 복원하기 위해 은폐되어 있는 어머니의 전 체험을 동원하여 개진해간다. 그는 겨우내 내린 먼지가 쌓인 장독대를 닦고 있는 어머니를 보면서 오랫동안 그리워하기만 해왔던 모정을 '햇살'로 밝고 맑게, '홍매화 붉은 낯'으로 화사하게 따뜻하게 형상화한 이미지로 환치하면서 순수한 여유의 시간을 만난다. 이것은 소설보다 복잡하고 각박한 인생을 독자로 하여금 신기롭게 보게 하며 여유 있는 모정의 세월로 우리를 인도한다. 다시 한번 더 ㅅ자로 이미지화된 어머니의 허리는 '먼바다에서 들려오는 파도소리'와 상관화하여 깊고 깊은 슬픔을 자아낸다. '눈이 먼 손자'와 '입이 닫힌 아들'이 주기도문과 오버랩되면서 이 시는 최고조의 긴장을 유발한다. 주의 품 안에서 어머니의 생이 부디 편안하시기를 평자 또한 빌어보지 않을 수 없다.

강물이 저렇게도 유유히 흐르는 건
붙잡고 끙끙대며 앓은 일 없기 때문
살면서 흘려보내지 못한 것들 몇이랴

나무는 빈 몸으로 나무 木 필사하고
바람은 얽힌 매듭 풀리어 방목하니
일체를 내려놓아야 가벼운 걸 어쩌랴

강물이 저렇게도 편안히 흐르는 건
쟁이고 쌓아둘 것 맘속에 없기 때문

살면서 더부룩하게 체한 날들 몇이랴

–「강물을 보며」 전문

 현대인은 '집착'으로 대변되는 '욕심' 때문에 '단절'과 '소
외'라는 현대성의 공범자들이다. 특히 유희적 인간은, 대
다수 도구적 이성에 매몰되어 물질적 욕망의 주체로서 어
떻게든 성공을 향해 노를 젓는다. 이런 모습이 최재선 시
인에게 어떤 의미로는 유쾌할 수가 없을지도 모른다. 그
것은 모두의 성공이 아닌 너의 성공이기 때문이다. 시인
은 비움의 철학을 향유할 때, 비로소 강물처럼 유유히 흘
러갈 수 있음을 설파한다. 물론 여기서도 언어놀이는 계
속된다. '나무는 빈 몸으로 나무 木 필사하고'에서 '나무
木 필사'는 '빈 몸'과 관련을 맺음으로써 경험적으로, 그
필사되는 한자는 신체적으로 선명하게 독자의 시선을 독
점한다.
 그는 비워냄과 성찰의 소중함을, 모성과 그리움을 청
량한 눈과 마음으로 그리고 있다. 최재선 시인은 대학교
수로서, 글쓰기 지도에 매진하면서 어느덧 중년의 계절
을 맞고, 강물 앞에 선 자신의 모습에서 삶의 공허와 우
울한 그늘을 보게 되지만, 자주 찾아가는 강가에서 시조
를 만나면서 생의 방향성을 확보한다. 채움과 쌓음에 종
지부를 찍고 생의 터닝포인트를 마련한 다음, '비움'에 대
한 찬가를 쓴다. "강물이 저렇게도 편안히 흐르는 건/ 쟁

이고 쌓아둘 것 맘속에 없기 때문/살면서 더부룩하게 체한 날들 몇이랴”에서 ‘살면서 더부룩하게 체한 날들 몇이랴’라는 시인의 말은 행복이 어디에 있는지, 어떻게 존재하는지를 보여준다.

사는 게 낭떠러지 끝자락 같아 뵐 때
담쟁이 무성한 벽 퍼렇게 읽어보라
단 하나 평탄한 곳에 대충 살고 있는지

한숨이 움칫움칫 줄지어 나올 때에
수직을 고삐 쥐고 오르는 집념 보라
단 하나 게으름 피며 절망하고 있는지

–「담쟁이」 전문

현대는 다양한 욕구가 충만해 서로 좌충우돌하지만, 자신 이외에는 누구에게도 눈을 돌리거나 귀를 기울일 수 있을 만큼 여유가 없는 단절과 소외로 특징되는 시대다. 이러한 이유로 해서 오늘을 사는 사람들은 고독과 외로움으로 고통당하고 있다. 이런 현실 속에서 최 시인은 ‘담쟁이 무성한 벽 퍼렇게 읽어보라’라고 한다. ‘무성한’이란 형용사와 ‘퍼렇게’라는 부사가 주는 의미는 무엇인가. 삶 속에는 끝없는 욕망과 좌절과 갈등이 있다. 또 극복과 회피라는 심리 과정을 겪으면서 한 인간의 자아가 형성

된다. 형성된 자아의 뒤편에는 무의식의 그림자도 웅크리고 있다. 최 시인은 수직과 수평을 교차시키면서 수직의 벽을 통해 안이함과 대충으로 상징되는 게으름을 질타하고 있다. '단 하나'는 절실함을 그려내는 어구다. 「담쟁이」는 몰려드는 내면의 물음들을 접하고, 삶의 의의를 깨닫게 한다는 측면에서 유의미한 글이다. '한숨이 움칫 움칫 줄지어 나올 때'가 절창인 이 작품은 자기발견의 소중함이 어떤 것인가를 엿볼 수 있게 하기에 인식 구조로서의 문학적 역할을 잘 수행하고 있다.

나. 활동의 삶, 사회적 존명

현대는 표현의 시대다. 최재선은 자기 연출의 메시지를 시조에 담아 남을 설득하고 남과 대화하고 행복을 함께 나누고자 하는 사회적 인간 또는 정치적 인간으로서의 시인이다. 누구든지 이 세상에 태어나서 '나' 아닌 다른 사람과의 관계 속에서 살게 마련이다. 대부분 사람의 생활은 세속적인 삶에 머물러 있다. 자본주의적인 삶의 가치를 추구하기 위하여, 직업을 구해 일하고, 좋은 사람을 만나 가정을 꾸려 살고 싶어 한다. 사회적인 명예와 부를 갖기 위해 정치적 활동에 나선다. 욕망의 주체로서 술을 마시고 노래를 부른다. 인생이란 잡지의 표시처럼 통속적이라는 것은 인간의 삶 또한 세속적으로 흐를 수밖에 없다는 사실을 말해 준다. 최재선 시인의 시는 이런 인간의 속성을 관통하며 그 특성을 비교적 잘 묘파하고 있다.

봄 길은 사뿐사뿐 걸어라 숨죽이며
행여나 개미허리 밟을 일 있을 터니
혹시나 앉은뱅이꽃 짓이길지 모르니

봄날은 가만가만 걸어라 숨 고르며
꽃 속살 보지 못해 봄 한철 애틋하고
짝짓는 새들의 사랑 지나칠지 모르니

겨우내 아랫목에 묻어둔 설렌 마음
꽃처럼 향기롭게 피워서 편지하라
봄날은 눈 깜짝할 새 바람처럼 떠나니

　－「봄날주의보」 전문

　봄 길을 사뿐사뿐 걸어가야 하는 이유를 시인은 두 가지로 들고 있는데, 한마디로 놀랍다. 하나는 행여 개미허리를 밟을 수 있다는 점이고, 다른 하나는 혹시나 앉은뱅이꽃 짓이길지 모르니 조심하라는 것이다. 사물에 인격과 인정을 놓는 이런 멋진 시조를 최재선 시조집에서 볼 수 있다는 것은 축복이 아닐 수 없다. 이 시는 생태적 상상력에 바탕을 둔 휴머니즘을 담은 작품이다. 그는 에코필라아를 주창하면서 인간중심주의에 비판적인 주제를 즐겨 다룬 시인이다. 또 봄날은 가만가만 걸어라고 한다. 숨 고르며 꽃 속살 보지 못해 봄 한철 애틋하고 짝짓는 새들의 사랑을 훼방할지 모른다는 시인의 유머가 풍기는 현실 인식이 '꽃 속살'과 '새들의 짝짓는 모습'으로 표출하고 있다. 탈인간중심주의를 표방하는 이런 생태 지향성은 그가 그리는 그림이 얼마나 큰지, 그가 얼마나 큰 시인인지 잘 보여준다.

'행여나', '혹시나' 하는 부사, '사뿐사뿐', '가만가만' 등의 구절에 보이는 측은지심은 그의 종교적 소신과 구도자적인 자세와도 일맥상통한다고 하겠다. 미물의 생명마저도 껴안아 받아들이고자 하는 포용의 자세를 우리는 이 시에서도 확인할 수 있다. 이 포용은 시인의 또 다른 미학적 존재 모습이라 할 수 있다. '나'의 참모습은 '너'와의 관계 속에서 나타난다. '나'는 '너'를 위하여, '너'는 '나'를 위하여 존재할 때, 긴장과 갈등이 아닌 따뜻한 인정과 포근한 사랑이 있는 조화로운 공동체를 이루어 나갈 수 있다. 시인의 사상과 감정은 이와 괘를 같이 한다. 아리스토텔레스는 좋은 사람과 함께 살아가는 것이 보람된 길이라고 했다. 가파르고 험난한 인생행로에 따뜻한 눈길과 손이 있음은 축복인 동시에 행복의 조건이기도 하다. 현대는 넘쳐나는 물질의 범람으로 위기를 맞고 있으며, 헤퍼진 정신의 범람으로 어지러워졌다. 이 시조는 이런 삭막한 세파에 경종을 울린다.

"인간은 만물의 영장이다"라는 인간중심주의는 우리 정신의 황폐화가 얼마나 심한가를 암시한다. 그러나 시인은 예기치 않은 순간에 볼 수 없었던 것을 보게 되고 들을 수 없었던 소리를 듣게 된다. 여차하면 인간의 발걸음에 수많은 생명의 신음이 들려올 수 있음을 경고하면서 독자로 하여금 인간도 한갓 동물과 다를 바 없다는 것을 알게 해주고, 모든 우월적 조건은 버려야 됨을 알게 해준다. 시적 화자는 우월적 인식, 다시 말해 인간중심주의는 축복의 삶을 가져다주지 못했음을 깨닫는다. 끈질기고 숨 막히는 인간중심주의와 이와 대비되는 자연계를 대비함으로써, 시인은 우리를 살게 하는 것이 무엇인가를 깨닫게 하고 있다. 생명에 대한 존중감이 없이 세속적인 삶을 사는 사람들에게 시인은 생태적 상상력을 일깨워 준다.

아무나 산이라는 명패를 달 수 없다
형상에 벗어나고 높이가 어긋나도
색다른 나무일망정 아울러야 결국 산

높은 데 솟아올라 우뚝 선 산봉우리
산새들 품이 되고 바람의 안방 되어
침묵의 언어 하나로 경외해야 끝내 산

산이란 이름 속엔 겸손이 동거한다
오르면 오를수록 고개를 숙였다가
비로소 우러르면서 낮아져야 삼가 산

―「산」 전문

색다른 나무일망정 아울러야 결국 산이고, 침묵의 언어 하나로 경외해야 끝내 산이고, 비로소 우러르면서 낮아져야 삼가 산이라는 시인의 산에 대한 해석은 철학적 물음으로 우리에게 되돌아온다. 이 물음에 대한 답은 산이란 이름 속엔 겸손이 동거하는 자만 내릴 수가 있다. 산을 사랑하면서 산을 바라보며 욕심 없이 살려고 하는 시인은 누가 자신에게 산이 무어냐고 묻는다면, 아울러야 하고, 경외해야 하고, 우러르면서 낮아져야 산이 된다고 한다. 성철 스님의 말씀대로 동일률의 원리로 '산은 산이다'라고 언명하지 않는다. 속성의 영원성보다는 가변성으로 산을 정의한 것이다. 이것은 어쩌면 산을 망가뜨린 세상에 대한 냉소이며 거부이며 용서일 수도 있다. 혼탁한 세상, 소용돌이치는 시대의 물결을 바라보는 시인은 산에 대한 정의를 통해 인간 세상의 향방을 재단한다. 산을 자신만의 시각으로 새롭게 보면서 '산'에 인간을 등치하여 바람직한 인간세계의 길을 제시해주고 있어 큰 감동을 준다. '산' 대신 '사람'을 대체해도 해석상 전혀 문제가 되지 않는다.

사회의 모순에 대항하고, 현실의 부조리에 언어로 참여하는 것도 정치적 인간이 하는 일이다. 시인은 현실 정치의 도피자로서 언어로 말할 수밖에 없다. 시인은 말과 글로써 세상을 바꿀 수 있다고 믿는 지식인이다. 최재선은 「산」이란 시조를 통해 인간의 오만과 모순을 냉소적으로 풍자하고 있다. 인간성이 억압되는 시대는 풍자가 성행한다. 인간이 다른 동물과 다른 이유로 흔히 드는 것이 언어를 쓴다는 것이다. 언론의 자유는 인간에게 주어진 기본권이다. 오만함은 신체적 억압 못지않게 인간의 영혼을 괴롭힌다. '산이란 이름 속엔 겸손이 동거한다'라는 의미는 높이 올라갈수록 겸허한 자세를 가져야 함을 뜻한다. 자신의 주장만 옳다고 하거나 타자나 약자를 무시하는 것이 갑질이라는 사실을 인식하지 못하는 사람은 지도자가 되어서는 안 된다. 정의롭지 못한 무리가 현실의 정치를 어지럽히고 있는데, 지식인이 침묵하거나 현실 정치 세력과 야합하는 데 시인이 입을 다물어서는 안 된다. 그런 사회는 죽은 시인의 사회다. 산은 산다워야 하고, 사람은 사람다워야 사람이라는 시적 화자의 판단은 속성의 가변성을 전제로 하고 있다.

문설주 돌쩌귀에 검붉게 곰삭은 녹
싸락눈 내리듯이 사뿐히 지우고서
기어이 오시겠지라 끝물 겨울 가기 전

가물어 마른 처마 축축이 적시고서
속울음 목에 넣고 눈물은 숨기고서
가루비 흩뿌리시며 봄날처럼 그립게

주어는 맘속 두고 목적어 감추고서

서술어 하나로 된 고백체 문장으로
그립게 오시겠지라 구구절절 애틋이

　－「기다림」 전문

　최재선 시인은 섬세한 비유로 탁월한 서정성을 격조 있게 조탁하는 시인이다. 시조는 종장의 첫째 마디 3음절과 둘째 마디 5~7음절을 꼭 지켜야 하는 것 외에는 각 마디에 한 음절이 가감될 수도 있다. 이 시조는 종장이 전부 3543의 음수율을 가지고 있고, 전체 시조 전부 초장은 3434로, 중장도 3434 율격이 반복되고 있는데, 이 율격이 반복되면서 일상적 현실에서 '그리움'의 의미를 독자에게 강하게 보여준다. 이때 '그리움'은 "기어이 오시겠지라"와 "가루비 흩뿌리시며", "그립게 오시겠지라"라는 구수한 전라도 방언으로 인해 '주어' '목적어' '서술어'가 하나의 고백체 문장으로 읽힌다. 그러나 그리움을 '겨울 가기 전', '봄날처럼'과 연결하면 이 어구에 앞서 나오는 '싸락눈'과 '가루비'는 때 묻지 않은 순수하고 순결한 의미를 가진다. 시인은 "주어는 맘속 두고 목적어 감추고서 서술어 하나로"라는 말을 통해 "속울음은 목에 넣고, 눈물은 감추고, 구구절절 애틋하게 기다린다"라는 것을 암시한다. 따지고 보면, 이런 정형화된 율격도 언어놀이나 마찬가지다.

처마에 의지하여
바람을 바다 삼아

짓느니 밀물 소리
내느니 썰물 소리

한 생애 짭조름하여
갯내음이 푸지다

−「풍경」 전문

이 시조는 인생을 갯내음에 비유하고 있다. 물론 이때
의 비유는 바다같이 넓은 품을 품어라는 투의 교훈이 아
니라, 짭조름한 소금기처럼 짜고 매운, 세상사의 온갖 영
욕을 겪는 인생이라는 의미다. 시인은 어느 날 처마 끝에
기대어 인생을 반추해본다. 시조를 짓고, 책을 내고 하
면서 한 생애를 살아가지만, 세속적인 가치도 흐르는 세
월 앞에서는 짭조름할 뿐이다. 밀물 소리 썰물 소리로 인
생의 업앤다운을 표현했지만, 시인의 눈에는 인생의 맛
이 다디달기만 할 수 없을 것이다. 전체적인 문맥으로 봐
서 희비의 삶을 짜게 느끼게 하는 것 같다. 세월의 위대
성에 대한 감탄의 흔적도 없지 않다. 이처럼 짭조름한 것
이 인생이고 또한 삶의 길이지만 내가 입술을 댔던 낡은
사발에 누군가 또다시 입술을 대는 것처럼 인생은 밀물

썰물처럼 오르막도 내리막도 있는 것이 아닌가. 그럴 수밖에 없는 것이다.

이 시조에는 서민적인 삶의 애잔함이 녹아 있다. 인생이란 무엇인가? 이 작품은 인생의 길을 '풍경'이란 시적 소재로 하여 나타내고, 끝없이 들어오고 나가는 인생의 희로애락을 갯내음으로 토로한 시조다. 인생을 하나의 썰물 밀물로 보고 그 흥망성쇠의 길을 숙명적으로 가야 하는 인간의 슬픈 운명을 그리고 있다.

다. 성찰의 삶, 내면의 깊이

아리스토텔레스는 가장 행복한 삶은 관조적 삶이라 했다. 시인에게 있어 삶은 시조 창작과 결코 분리되어 있지 않다. 이 말은 시조 창작의 대상이 생활이라는 것을 의미하지는 않는다. 시인은 생활을 대상으로 하여 그 현상의 이면을 들여다보기도 하고 다른 한편으로 생활에서 벗어나 삶의 민활성을 되찾는다. 이는 시조 창작을 통해서 진정한 삶에 대한 감각을 얻는다는 의미다. 그의 시조 창작은 세상을 읽기에서 출발한다. 그것이 개념으로 형성되는 것이 아니라, 감각으로 꾸며지기 때문이다.

최재선 시인의 시조 창작은 대체로 세상 읽기의 소산이다. 따라서 시조는 삶의 한 모습인 것이다. 시인은 사회현상이나 자연현상, 그리고 개인적 체험 즉 삶의 체계 속에 내재한 여러 기억을 읽어낸다. 시인은 이러한 삶의 성찰을 통하여 일상적 삶 속으로 매몰되기 쉬운 본성적

감성을 찾아낸다.

> 겨울잠 깊이 든 비 기지개 활짝 켜며
> 서로의 손목 잡고 모처럼 나선 길목
> 적적해 되돌아갈까 노래하는 까치 떼
>
> 길마다 매화가지 오지게 등불 켜고
> 산마다 눈새기꽃 푸지게 불 밝히니
> 끝끝내 오고야마는 걸판지게 훤한 봄

　　-「경칩에 오는 비」 전문

　최재선 시인은 팬데믹 시대 속에서 주체적 자아와 정서를 모국어로써 간결히 유지하려 한 시인이다. 그의 시에서 집요할 정도로 유지되고 있는 주체적 자아복원의 시정신은 그것이 상실의 시대를 배경으로 이루어지고 있다는 점에서 주목된다. 이 시조는 적적한 생활을 숙명으로 받아들이는 시적 화자 '나'의 내면에 대한 깊은 성찰이 전면에 드러난 작품이다. 모처럼 손목 잡고 나섰지만, 길목에 서서 적적함을 느끼고 되돌아갈까를 고민하는 까치 떼가 봄을 맞아 매화가지, 눈새기꽃 핀 것을 보면서, 끝끝내 봄을 불러온다는 내용이 감동을 준다. 팬데믹이라는 암울한 상황에서 일상을 잃어버린 현대인이지만 무기력함을 이겨내고자 하는 시인들의 내면 목소리가 잘 드러난 작품이라고 할 수 있다.

후드득/내린 꽃비/행여나/그대이랴
어딘가/꽃잎으로/누워서/잠들 새라
나서지/못한 봄 길을/발만 동동/구르니

–「꽃비 2」 전문

「꽃비 2」란 시는 세상 읽기에서 출발한다. 시인의 관심은 봄이 왔지만, 봄을 느끼지 못하는 눈먼 걸객처럼 일상을 잃어버린 현대인은 폐허화 되어가는 삶을 살고 있다. 우리 삶의 터전이 훼손되고 있으며, 그래서 이 시조는 많은 사람이 생동하는 봄을 느끼지 못하고 잠들어버릴 것을 걱정하고 있음을 보여준다. 이러한 상실감은 곧 본성적인 삶에 대한 그리움으로 나타난다. 오늘날 팬데믹 상황에서 현대적 삶은 사람으로 하여금 본성에 호소하도록 하지 않는다. 오히려 욕망의 속박에서 놓여나지 못하게 한다. 이러므로 사람들은 자기의 터전을 스스로 가꿀 수가 없다. 특히 방역지침으로 인한 사회적 거리두기는 사회적 인간 파괴의 가장 구체적인 모습이라고 할 수 있다. 종장 '나서지/못한 봄 길을/발만 동동/구르니'는 이런 현실을 적나라하게 보여준다.

달빛은/구름 뒤에/수줍게/낯 감추고

개구리/울음소리/꽃으로/함박 피니

하매도/논배미 나락/관절마다/앓을 터

　－「비 조짐」 전문

　이 시의 화자는 '달빛'과 '나락'의 관계에 초점을 맞추고 있다. 논배기 나락이 달님을 보고 싶어 하나, 구름 뒤에 숨어 그 모습을 감추고 있다. 실없는 개구리 소리만 들려오니, 나락의 관절은 마디마디 쑤시고 저릴 조짐이라는 시인의 상상력은 타의 추종을 불허한다. 엇박자 속에 살아가는 인생살이의 모순을 묘파한 작품이라고나 할까. 마음먹은 대로 된다면 인생사 무슨 걱정이 있으랴만, 삶은 복잡계적 질서 속에서 좌충우돌하기 십상이다. 그럼에도 사람들은 이러한 도시의 주인으로 스스로 위대한 시민이라는 자부심을 갖고 있다. 도시적 삶은 화려한 겉과 달리 그 속에 관절은 앓고 있는 것이다. 어떤 점에서 현대의 삶은 온전하지 않다고 할 수 있다. 우리가 온전한 삶을 기다리며 살고 있는지도 모른다. 이러한 현실은 곧 인간세계나 생태계나 마찬가지다. 시인은 이러한 현실을 '조짐'으로 감지한다. 그리고 본성적 삶의 회복을 생각한다. 다음의 「봄 오고 꽃 피는 방식」은 삶에 대한 깊은 통찰을 통한 삶의 진정성, 경건성을 추구하고 있다.

온다는 엽서 없고 오리란 소문 없이
간밤에 뜬금없이 문 앞에 왔습디다
봄날은 풍문으로도 헤아릴 수 없어라

입덧을 단 한 차례 제대로 하지 않고
어느 날 양지쪽에 탯줄을 자릅디다
봄꽃이 몸 푸는 날을 예정할 수 있으랴

–「봄 오고 꽃 피는 방식」 전문

  시인은 식물이 꽃을 피워내는 과정을 여인의 출산에 비유해서 잘 풀어내고 있다. 봄은 소리소문없이 다가오고, 꽃 또한 자연의 순환 이치를 그대로 보여준다는 측면을 '몸을 푼다'는 말로 표현하고 있다. 종장의 마지막 43 음수율을 따르다 보니, '예정할 수 있으랴' 앞에 놓일 '어찌'라는 부사가 생략되었다. 독자들은 협조의 원리에 따라 생략된 말을 복원해서 읽고 이해해야 할 것이다. 시적 화자는 의인화된 봄이 뜬금없이 문 앞에 온 것을 알고, 꽃은 임산부가 되어 입덧 한 번도 하지 않고 출산을 한다. 자연 만물의 이치를 인간관계와 융합해서 표현하려는 서정적 자아의 시 정신이 잘 드러나 있다. 시인은 이런 깨달음을 기반으로 해서 익숙한 길, 관습화된 삶을 버리고, '입덧', '탯줄', '몸 풀다' 등의 어구를 써서 출산의 의미로 풀어낸다. 임산부로 환치된 봄꽃의 변신을 통해 시인은 비유된 새로운 감각 세계를 생성한다.

3. 계승과 변주, 최재선 시조의 현대성

스피어즈는 현대의 특성을 '단절'이라는 말로 요약한 바 있다. '단절'이란 어떤 대상과도 관계를 끊는 것을 의미한다. 다시 말하면 그것은 이 시대에 오면서 모든 사물이 내적이든 외적이든 설 맺고 있던 관계를 상실하고 하나의 원자적 개체가 되어 존재함을 말한다. 일종의 불연속의 관계를 나타낸다고 할 수 있다. 인간과 인간의 관계, 인간과 자연의 관계, 인간과 사회의 관계, 나아가 인간과 신의 관계마저 그렇다고 할 수 있다. 이러한 현상을 소외라고 불러왔다. 현대인이 서 있는 자리가 단절의 공간이라면, 그 공간을 최재선 시인은 어떻게 인식하고 형상화하는가로부터 최재선 시조의 현대적 의미를 밝힐 수 있지 않을까.

흰 낮달 겨울나무 잔등에 업히어서
엄마 젖 먹고 난 아가처럼 웃고 있다
봄날이 따로겠는가 웃음꽃 피었으니

겨울 산 맨몸으로 나란히 잇닿아서

깡마른 나뭇가지 가리며 덮고 있다
봄날이 따로겠는가 저토록 살갑나니

　－「봄날이 따로이겠는가」 전문

　흰 낮달과 겨울 산을 통해 봄날의 의미를 새롭게 해석하는 시다. '업히어서'와 '젖 먹고 난', '아기처럼 웃고 있다' 등의 표현은 내용적인 측면에서 표방하는 순진성과 자연성에 대한 긍정이다. 봄날의 개념을 생태학적인 의미로 풀어내기보다는 의미론적으로 해석해서 웃음꽃이 피면 계절과 관계없이 봄날이라고 한다. '맨몸으로' '나란히 잇닿아서', '깡마른 나뭇가지', '가리며 덮고 있다' 등의 어구는 서로 의지하고 돕는 상보적 관계를 나타내면서 따뜻한 관계의 필요성을 보여준다. 어쩌면 시적 화자는 자연 속 사물은 저렇게 서로 업어주고 덮어주고 하는데, 인간사회는 그러지 못하다는 것을 넌지시 비판하는지도 모르겠다. 시인은 봄날을 '웃음꽃 피었으니'와 '저토록 살갑나니'로 각각 표현했다. 이러한 각 종장의 마지막 어구는 시적 자아와 거리감이 없이 표현하여, 이 거리감 없음 그 자체가 주체적인 존재상을 충분히 말하고 있다.

　　눈발이 흩날린다 논산천안 고속도로
　　백제의 고도 부여 매섭게 바람 불고
　　백마강 꽃물 들였을 그 순장의 꽃잎들

스스로 숨 끊으며 마지막 남겼을 말
누구는 행복했고 누구는 슬펐으랴
풀리지 않는 물음표 눈발같이 날린다

　　－「부여를 지나며」 전문

　　이 시 역시 종장의 율격은 3543으로 시조의 정체성을
잘 유지하는 입장에서 기술하고 있다. 이 시조는 백제의
슬픈 역사 속 삼천궁녀를 '순장의 꽃잎들'로 표현하고 있
는 데서 문학적 성취가 빛난다. '스스로 숨 끊으며 마지
막 남겼을 말'에 누가 행복했고 누가 슬펐을까 하고 묻
는 시적 화자는 풀리지 않는 삼천궁녀의 수수께끼를 안
고 고속도로를 달리는데, 눈발이 흩날린다. 시인의 물음
도 눈발에 함께 흩어져 버렸을 것이다. 시적 화자는 역사
적 사실 여부와 관계없이 순장 소녀처럼 목숨을 던진 그
녀들의 사연을 어루만지며 그 절명의 시간을 잊지 못하
고 아파하고 있다. 즉 이 시조의 주제는 아픈 역사를 잊
어서는 안 된다는 것이다. 이를 시인은 역사 시간에 배운
백제의 멸망에 관한 지식을 바탕으로 '순장의 꽃잎'을 통
해서 낙화암에 얽힌 삼천궁녀의 애달픈 사연을 잘 형상
화하고 있다. 편리한 삶은 이루어지고 있지만, 인간적인
따뜻한 사랑이 결여된 오늘의 현실에서 잊혀져가고 사
라져갔지만, 그 여인들의 마지막 남긴 말을 상기하지 않

을 수가 없다.

　　돌아서 올라가라/쉬면서 더디 가라/산새도 단걸음에
허공을 걷지 않네/하물며 인생행로는/멈추듯이 가소서

　　산길도 고비마다/고갯길 다 있거늘/낮은 듯 모자란 듯
겸손히 넘으소서/어느새 예순 고갯길/길목마다 꿈같소

　　바람도 친구이고/나무도 벗이라오/멀리서 매화향기 층
층이 날아드네/산중에 벗 지천이니/산 밖 세상 그리리

　　–「산중」 일부

　　시인이란 일상적 삶을 영위하면서도 또 하나의 세계를
추구하는 사람이라고 할 수 있다. 작가는 늘 자신의 새로
운 삶을 찾아 존재하고자 한다. 작가와 일상인은 표면적
으로는 별 차이가 없다. 그러나 작가는 생활이 바쁘고 주
어지는 시간의 공백 속에서 느끼는 무료함을 자신의 지
각을 갱신하기 위해 활동하는 사람이다. 그의 시조는 바
쁜 생활 속에서 걸러낸 무한한 초월 의지를 접목한 것이
기에 독자의 공감을 받는다. 이 시에서 나타나는 의식상
의 특징 중의 또 다른 하나는 자기만의 창조적 공간을 확
보하려는 남다른 애착이 보인다는 점이다. 예순 넘긴 삶
이란 이 시에서 말하고 있는 것처럼, 과연 '길목마다 꿈

같을까' 멈추듯이 가야 할 이유다.

　이 작품은 불확정성의 우주적 원리를 삶의 원리로 적용하여, 기다림의 미학으로 건져낸다. 이름—자리 체계 속에서 자기의 자리를 지켜내며, 슬로우 라이프 상태에서 기다림의 미학을 싹틔우고 있다. 이는 시인으로서의 존재의식에 눈을 뜨면서 시인의 시야가 내면으로 확대되어 가고 있다는 증거다. 삭막한 콘크리트 문화 속에서 사는 도시인의 마음속에는 산중으로 떠나고자 하는 심리와 함께 자기만의 고독한 시간에 대한 동경이 싹트게 마련이다. 정보가 홍수를 이루면서 많은 도시인은 창조적 공간 갖기를 소원한다. 자연과 멀어져 있는 도심의 생활 공간은 자연스럽게 작가를 산속으로 밀어 넣고 있다. 산으로 오르는 사람에게 자연 속 생명을 가지는 무수한 소품들, '바람'도 '나무'도 모두 친구이고 벗이다. 스피드로 대변되는 현대사회의 허기를 메워주는 매개로써, 산 오르기는 안성맞춤이기에 시적 화자는 산중의 결과로 얻은 창조적 자기 공간에 고독한 사색을 불러들인다고 할 수 있다. 이 시조의 압권은 역시 산중 고갯길을 인생 고개로 환치시켜 이중적으로 의미를 해석하게 장치한 데 있다.

내 자리/너의 자리/자리쌈/하지 않고
윗자리/아랫자리/한마디/불평 없어

허물어/내릴 일 없이/화목하게/얽힌 힘

　　–「담」 전문

　대부분의 갈등은 경계의 불확실성에서 나온다. '너의 자리'와 '내 자리'가 분명하다면 싸울 일도 없다. 현대로 오면서 '담'은 경계를 지어주면서 우리 사회에 단절이 란 달갑지 않은 선물을 안겨주었다. 경계가 우리 삶의 특성으로 드러났다는 것은 삶의 본질에 대한 새로운 자각을 요구한다는 것이다. 그것은 19세기적 인간관을 벗어나 소위 20세기적 인간관을 형성한다. 19세기 인간관이란 다윈의 이론에서 읽을 수 있었던, 인간은 자연과 연속된 존재라는 명제를 중심으로 한다. 그렇기 때문에 인간의 삶과 동물의 삶 사이에는 어떤 단절도 존재하지 않는다. 동물적 삶의 투쟁 원리가 그대로 인간적 삶의 원리가 되는 것이다. 그러나 이러한 인간관은 전복된다. 이제까지 한결같이 수용하던 소위 자연과 연속된 존재로서의 인간, 자연법칙의 지배를 받는 인간, 무엇보다도 합리적이고 결정적인 세계관에 종속되어 온 인간이라는 개념을 벗어난다. 우리의 삶 속에는 어떤 정확성도 존재하지 않는다는 의식, 모든 사물의 본질 속에는 근본적으로 불연속성, 곧 단절이 존재한다는 의식이 팽배하기 시작한 것이다. 그래서 시적 화자는 경계를 분명하게 해서 갈등을 불식한 것으로 '담'을 설정했지만, 종국에는 '얽힌 힘'으로 표현한다. 완전무결체로 기능하지 않는다는 말이다.

> 늦가을 소쇄원 앞마당 대나무 숲
> 장대비 우둑우둑 쏟아져 내리느니
> 직립한 대나무 사이 이물 없이 살갑나니
>
> 그 사이 가늠하며 그대를 그리느니
> 차가운 빗물에도 그 거리 젖지 않아
> 지그시 가늠하나니 통통하게 곁 되니
>
> 가을 끝 겨울 와도 색다른 체온으로
> 언제나 떨지 않게 눈앞에 손 내밀며
> 대나무 사이로 서서 말랑말랑 품나니

　－「사이」 일부

　내가 진정한 나로 재탄생하기 위해서는 나를 둘러싸고 있는 껍데기를 벗어던지고 '참 나'로 거듭나야 한다. 이 시조는 '경계'를 제재로 한 시다. 그래서 날마다 시인은 사이와 사이를 오간다. 경계에 서면 분절이 없어져서 타성에 젖어 사는 게 아니라 탄성으로 살아갈 수 있다. '이물 없이 살갑다'라는 관점이 우선 남다르다. 남다르다는 것은 현실 반발성이 강하다는 말이다. 그에게 사이는 '일상이라는 터를 박차고 오르는 힘'이다. 일상은 비상의 보고이

자 비상할 수 있는 상상력의 텃밭이다. '젖지 않거나', '곁 되는' 것은 전부 사이에서 가능하다는 주장이다.

이것은 자조의 울림, 의식적 자아가 주체적 자아를 지키고 발전시키며 완성하기 위한 치열한 몸부림일지도 모른다. 나와 다름을 조화롭게 끌어안고 거기서 새로운 창조의 꽃을 피우는 매개가 사이 미학이다. 영국의 낭만파 시인 셸리는 '사랑의 철학'이라는 시를 통해 경계와 경계 사이에 존재하는 이질적 사물과 사람이 섞여서 하나가 되는 과정을 노래하고 있다. 경계는 넘을 수 없는 벽이 아니라 다리를 놓을 수 있는 아름다운 사이다. 그 사이에 의식을 놓는 시적 화자는 그 경계에 서서 아름다운 차이를 발견하고 이를 신명나게 즐긴다.

아흔을 사시고서 게다가 얹힌 두 해
살 만큼 사셨으니 남들은 호상이라
고인이 돌아가신 길 다시 올 수 없는 길

마흔둘 둘째 아들 홀연히 보내놓고
산목숨 산 게 아냐 가슴에 묻은 새끼
그날로 이미 치른 상 정신 줄 내려놨네

어차피 살다 보니 모질게 붙은 목숨
마지막 순간까지 새끼들 챙기시곤
먼저 간 아들일랑은 시르죽게 잊었네

동진강 마른 억새 바람에 깔묻히고
하늘엔 달 한 조각 노루잠 덧드는데
어머니 저녁 잡수고 초저녁잠 드실까

　―「문상」 일부

　최재선 「문상」을 통해 사모곡을 읊는다. "마흔둘 둘째
아들 홀연히 보내놓고/산목숨 산 게 아냐 가슴에 묻은 새
끼/그날로 이미 치른 상 정신 줄 내려놨네"라는 우울한
어조로 어머니의 정신적 충격을 드러내고 있다. "하늘엔
달 한 조각 노루잠 덧드는데/어머니 저녁 잡수고 초저녁
잠 드실까" 조마조마하는 시적 화자의 시적 수사는 독특
하다. 그 독특함은 세계 안에 놓인 대상을 비틀어 보는 시
인의 시각에서 비롯한다. "동진강 마른 억새 바람에 깔묻
히고"라는 표현이 결코 긍정적이고 밝은 세계 인식의 소
산이라고 하기는 어렵다. 시인은 어머니의 부재를 애타
하고 부정하고 절망하는 것 같다. '호상'이라는 죽음에 대
한 일반인의 생각은 시적 화자에게 그대로 반사되지 않
는다. 시를 읽고 느끼는 쾌감의 정도가 크고 높다. 최재
선 시조 가운데 가장 가슴 아픈 작품이다.

4. 나오며

지금까지 포용을 근간으로 하는 최재선 시인의 시적 지향이 타자의 아픔을 다독이는 치유성에 힘입어 감동적인 울림을 주고 있음을 우리는 경험했다. 서정적 상상력에 기댄 타자성에 대한 고뇌와 아픔에 대한 탐구를 포커스로 하는 최재선의 시조는 시적 사유의 심오함이 빚어낸 형상미학의 결정체이다. 사물 해석에 대한 새로움, 즉 현대성을 유지하면서 종장의 정형성을 그대로 살리는 최재선 시인의 시조 짓기는 열린 시조를 표방한다. 시조의 정체성에서 일탈하는 모습을 보여준 일부 시조와는 근본적으로 다르다. 한마디로 시조다움을 잘 지켜나가면서 자신만의 개성을 확보하는 전략을 구사하고 있다. 최 시인은 다른 사람보다 상처나 아픔에 정서적으로 민감하다. 소시민적 삶에 대한 관심을 통해 깊은 울림을 주는 몇 안 되는 시인 가운데 한 사람이다.

한편 최 시인의 시조는 아리스토텔레스가 말하는 이성적 삶의 실천을 형상화하였다. 시인은 이러한 자세가 가장 행복한 생활로 인도한다고 믿고 있기 때문이다. 욕망을 절제하는 데서 얻는 갖가지 고통을 통하여 인간의 모든 품위는 닦여지고 길러진다. 고통에 길들어진 사람만이 남의 아픔을, 슬픔을, 분노를 확실히 알 수 있다. 상처받은 자 옆에서 같이 호흡한다는 측면에서 그의 시적 대상은 언제나 타자성을 갖는다. 이런 문학적 지향은 전체 시조를 관통하고 있다. 최 시인의 시조는 삶의 본질을 바라보는 시인의 날카로운 눈과 따뜻한 가슴 덕분에, 시인의 정서가 예술이라는 프리즘에 여과되어 잔잔하면서 차분한 목소리로 독자에게 들려준다. 크나큰 감동은 바로 소시민의 아픈 심경을 투영하는 묘사의 생생한 구체성 때문이 아니겠는가.

몸詩

최재선 지음

발 행 처 · 도서출판 청어
발 행 인 · 이영철
영　　업 · 이동호
홍　　보 · 천성래
기　　획 · 남기환
편　　집 · 방세화
디 자 인 · 이수빈 | 김영은
제작이사 · 공병한
인　　쇄 · 두리터

등　　록 · 1999년 5월 3일
(제321-3210000251001999000063호)

1판 1쇄 발행 · 2022년 4월 30일

주소 · 서울특별시 서초구 남부순환로 364길 8-15 동일빌딩 2층
대표전화 · 02-586-0477
팩시밀리 · 0303-0942-0478

홈페이지 · www.chungeobook.com
E-mail · ppi20@hanmail.net
ISBN · 979-11-6855-026-1(03810)